Begreifen

ein nachdenkliches Buch von

Karl-Heinz Haselmeyer

Was meine ich mit „Begreifen"?

Ich meine damit mehr als etwas in Erfahrung zu bringen. Was sich meine Sinne unmittelbar erschließen, ist meine Erfahrungswelt. Mein Wissen geht aber weit über den Zugriff der Sinne hinaus. Das Wissen begreife ich als gespeicherte Fakten, nicht anders, als wären sie in einem PC gespeichert. Begreifen ist dagegen ein gedanklicher Prozess, in dem Fakten in Relation gesetzt werden und an dem auch unsere innere Gefühlswelt beteiligt ist.

Unsere Sinnesorgane haben eine begrenzte Reichweite und unser Wissen erreicht nur kleine Aspekte der Wirklichkeit. Hinter dem, was wir unmittelbar erfahren, verbirgt sich unendlich viel, das wir uns erschließen, das wir erahnen, aber oft schwer begreifen können. Sicher wird das Wort „Begreifen" auch in einem anderen Sinne gebraucht, so als hätte man ein Lernpensum aufgenommen. Das meine ich nicht!

Als positive Form erscheint mir das Wort „Aha-Erlebnis", in der negativen Form oft aber auch als ein unbehagliches Gefühl, wonach die Vorstellungskraft nicht ausreicht, um eine Erfahrung in das persönliche Weltbild harmonisch einzupassen.

Indem ich das schreibe, rasen Aktionen durch die vielen Milliarden meiner Gehirnzellen, geben Impulse weiter und hemmen andere. Selbst die Bemühungen der Wissenschaft können das nicht erschöpfend erklären. Es ist eine zu große Vielfalt, die Erkenntnisse überfordert. Von den Prozessen, die in meinem Gehirn ablaufen, weiß ich ein wenig, andere wissen sicher viel mehr, aber das sind nur Bruchstücke. Teilprozesse unseres Gehirns werden schon verstanden, aber ist Begreifen nicht viel umfassender? Selbst wenn die Arbeitsweise eines Gehirns aufgeschlüsselt werden könnte, wovon wir aber noch weit entfernt sind, wie begreife ich es, dass Selbstgefühl, mein „Ich", mit diesen Vorgängen gebildet wird?

Mit dieser Frage bin ich bei meiner Existenz. Sie enthält eine Gewissheit, und zwar, dass ich einmal sterben werde, dass Leben endlich ist. Ein Ende wäre ein Übergang in eine Nichtexistenz, kann das begriffen werden? Ich vermute, aus dem Unvermögen, das wirklich zu begreifen, sind Religionen entstanden. Wiederum ist Sterben nicht auf einen Schlussakkord begrenzt. Ein kleiner Anteil meines Körpers stirbt laufend und wird ersetzt. Dabei verändern wir uns. In den Zeitläufen wechseln wir unsere Persönlichkeit und auch unsere äußere Erscheinung und bleiben doch ein Unikat.

Um den Unterschied zwischen Wissen und dem Begreifen, wie ich es sehe, sichtbar zu machen, kann ich aus formalen Gründen nicht fortlaufend betonen, was schwer oder nicht zu begreifen ist. Ich werde mich im Weiteren darauf beschränken, Erkenntnisse zu schildern, bei denen mir das Begreifen schwerfällt und dem Leser das Urteil darüber überlassen.

So sitze ich auf einem Stuhl und spüre den Druck des Gesäßes auf der Sitzfläche. Ich komme aber nicht wirklich in Kontakt mit dem Stuhl, ich schwebe in einem sehr kleinen Abstand über dem Stuhl, nur so nah, wie es die Abstoßungskräfte der Moleküle des Stuhls und der Moleküle meines Gesäßes zulassen. Mit den verfeinerten Methoden der Wissenschaft kann man das messen, also weiß ich es. Ich weiß auch, dass ein einzelnes Atom unvorstellbar klein ist, doch wenn man es vergrößern könnte, so groß, dass die umgebenen Elektronen einen Kreis außerhalb eines Fußballstadions bilden würden, dann hätte der Kern im Inneren des Atoms die Größe eines Zwei-Euro-Stücks. Dazwischen ist leerer Raum. So müssten sich doch Atome mit Leichtigkeit durchdringen können. Es wäre sicher möglich, wenn nicht in sehr kleinen Abständen die Abstoßungskräfte zwischen den Molekülen sehr groß werden würden.

Dadurch kann ich auf dem Stuhl sitzen oder mich an anderer Materie stoßen. Selbst wenn ich mit einem Hammer einen Stein zertrümmere, kann der Hammer keinen direkten Kontakt zu dem Stein bekommen, es scheint nur so. Erst wenn Moleküle aktiviert werden, tauschen sie Ladungen und Atome aus, gehen Verbindungen ein und bilden neue Moleküle.

Die Klärung des Aufbaus von Atomen im Jahr 1897 durch den britischen Physiker Joseph Thomson halte ich für eine ganz große wissenschaftliche Leistung, denn Atome sind ja viel zu klein, um sie mit den damaligen Mitteln sichtbar machen zu können.

Als der Aufbau von Atomen geklärt war, genügte das der Wissenschaft noch nicht. Nun wollte man wissen, woraus ihre Bausteine, also Protonen, Neutronen und Elektronen, bestehen

In Teilchenbeschleunigern brachte man Elektronen, Protonen und Atomkerne auf sehr hohe Energien und ließ sie zusammenstoßen, um die entstehenden Bruchteile zu messen. In letzter Zeit erzielte man durch sehr hohe Energien ein Quark-Gluonen-Plasma und fand darin Temperaturen von 40 Billionen °C, das ist ungefähr 100 000-mal heißer als die Sonne. Das Ziel ist es, das Confinement zu charakterisieren, also die Wirkung der starken Kraft, die den Kern zusammenhält.

In früheren Versuchen ordnete man die Signale der Bruchteile in 6 Quarks, 12 Leptosomen, in Gluonen, die Botenteilchen, Photonen und Neutrinos und beschrieb deren Eigenschaften. Das wissenschaftliche Fach nannte man Elementarteilchenphysik. Ich finde die Bezeichnung „Elementarteilchen", die für die erhaltenen Signale oft verwendet wird, etwas unglücklich. Die Bezeichnung klingt nach etwas Materiellem, es sind aber nur Messergebnisse und Zusammenhänge aus sehr komplizierten indirekten Beobachtungen und Berechnungen.

Messergebnisse sind abhängig von angewandten Maßen. Die Maße sind willkürlich festgelegte Größen, also sind die Messergebnisse nur im Kontext gültig.

Die Längenmaße wurden in der Vergangenheit durch unseren Körper bestimmt, so ein Finger, eine Spanne, ein Fuß, eine Elle. Diese alten Messgrößen wurden durch das metrische System abgelöst. Es gibt Länder, die haben noch traditionelle Messgrößen wie Yard und Meile. Gewichte wurden durch Steine, Samen und andere gleichförmige Körper festgelegt. So ist noch heute für Edelsteine das Maß Karat gebräuchlich, das vom Samen des Johannisbrotbaums abgeleitet ist. Das Maß des Gewichtes ist aber von der Gravitation abhängig. Ursprünglich wurde es durch einen Liter Wasser unter Standardbedingungen als ein Kilogramm bestimmt und ist nun ein zahlenmäßiger Wert, der sich aus der Planck-Konstante und der Definition von Meter und Sekunde ergibt. Die Masse eines Körpers ist nicht von der Gravitation abhängig, sondern ist die Kraft, die einer Beschleunigung entgegenwirkt. Die Maßeinheit ist

Newton. Die Volumina wurden früher durch Gefäße gemessen. Der heutige Begriff Liter ist der Inhalt eines Würfels von 10 cm Kantenlänge. Zeitmaße wurden anhand der Rotation der Erde und durch ihre Umlaufzeit um die Sonne in Jahreszeiten und Tageszeiten bestimmt. Kurze Zeitmaße wurden am Pulsschlag gemessen. Heute gilt die Frequenz eines Rubidium-Atoms als Grundgröße. Das Maß der Energie ist das Elektrovolt und ist definiert als die kinetische Energie, die ein Elektron beim Durchlauf einer Beschleunigungsspannung von einem Volt gewinnt. Die alten und neuen Definitionen zeigen, dass die physikalischen Größen von Menschen geschaffene Konstrukte sind. Weitergedacht sind auch unsere Sinnesorgane Maße für Impulse, die uns aus der Umwelt erreichen und somit ist unsere Umwelt ein Ergebnis unserer Sinne.

Wir erleben Raum und Zeit als feste Größen. Unsere Sinne zeigen uns alles, was sich ringsherum befindet, sogar uns selbst nehmen wir wahr. Licht ist uns dabei unsere wichtigste Informationsquelle, es zeigt uns unsere schöne farbige Welt. Licht ist nur ein kleiner für unsere Augen zugänglicher Ausschnitt eines Phänomens, das wir als Welle oder als Photon messen können. Photon ist ein kleines Teilchen, keine Materie, eher ein punktförmiger Messeffekt. Eine Welle stellen wir uns als Bewegung einer Wasseroberfläche vor. Aber das Licht ist keine bewegte Materie, es ist eine Folge von elektromagnetischen Schwingungen mit einer Frequenz und einer Amplitude. Man kann sogar so weit vereinfachen, dass sich alle Phänomene auf elektromagnetische Wellen zurückführen lassen, sogar beim Aufbau der Materie spielen sie eine Rolle. Die Frequenz dieser Schwingungen finden wir über einen großen Messbereich verteilt, von der kosmischen Strahlung von 10 Exp23 Hz, also einer Zahl mit 23 Nullen, über Röntgenstrahlen von 10 Exp17 bis Exp18 Hz, der Telekommunikation von 1 GHz bis zur Frequenz unseres elektrischen Stroms mit 50 Herz. Ein Herz ist eine Schwingung pro Sekunde. Die

Wellenlängen reichen von 10 Exp-15 Meter, also dem billiardsten Teil eines Meters, bis über 1.000 Kilometer. Zahlen wirken so klar und überzeugend, aber in diesen Größenordnungen sprengen sie die Vorstellungskraft und dennoch können wir ohne Weiteres mit solchen Messgrößen arbeiten.

Das lenkt meine Gedanken auf unser Zahlensystem. Das Rechnen mit Zahlen wie mit unserem schon sehr alten Dezimalsystem ist absolut klar und ein zuverlässiges Werkzeug. Ich denke dabei nicht an das höhere System der Mathematik. Doch das Begreifen von größeren Mengen, die in den Zahlen so klar festgelegt sind, ist mir nicht möglich. 10 Objekte erfasse ich ohne Schwierigkeit, darüber hinaus wird es schwierig, da muss ich zählen. Die folgenden Zehnerpotenzen kann ich handhaben, sie entfallen aber meiner Vorstellungskraft. Das Gleiche gilt für Zahlen kleiner als 1 und für Teilmengen. Den 8-ten Teil einer Torte kann ich mir vorstellen, der 16-te Teil bereitet schon

Schwierigkeiten. Der Zahlenstrang entschwindet in Richtung zu großen Zahlen und auch zu kleinen Zahlen, also zu beiden Seiten hin, in den Nebel der Unendlichkeit. Man kann mühelos eine Zahl schreiben, deren Größe alle Masseteilchen des Universums übersteigt. Bei der Mathematik ist es mir nicht klar, wie weit Mathematiker ihre Formeln ableiten oder wie weit sie die Formeln begreifen. Die Schönheit der Formel „E=m x cExp.2" fällt auch mathematisch Ungebildeten ins Auge, wobei deren Inhalt so grundlegend ist, dass damit die Grundlage für alles Sein vorgezeichnet ist. Energie ist der Urgrund, auf dem alles beruht. Damit wären wir wieder beim lebensspendenden Licht, das alles Leben auf der Erde mittelbar und unmittelbar antreibt. Dabei ist das sichtbare Licht mit einer Frequenz von 400 bis 700 Nanometern nur ein kleiner Ausschnitt aus dem Gesamtspektrum der elektromagnetischen Wellen. Welch eine Farbenpracht, die lediglich aus Absorption und Reflexion dieser uns sichtbaren Wellen hervorgerufen wird, bieten sie uns. Die

Schönheit der Farben ist ein gutes Beispiel für den Unterschied zwischen Wissen und Begreifen. Für mich sind diese Pracht und der einfache Mechanismus, der dem zugrunde liegt, unfassbar.

Dass die Lichtgeschwindigkeit im Vakuum mit 1,08 Milliarden km/Stunde unabhängig von der Bewegung des Messenden, ob in Richtung zum Ausgangspunkt oder in Gegenrichtung, immer gleich bleibt, wurde schon bezweifelt. Es ist aber gut zu verstehen, wenn man bedenkt, dass bei Licht nur die Emission und die Absorption gemessen werden können. Da ist es gleich, wo oder bei welcher Geschwindigkeit gemessen wird, die Absorption ist der Endpunkt eines Lichtquants. Schwerer zu verstehen ist, dass Licht von großen Massen abgelenkt wird. Um das zu verstehen, müssen Begriffe wie Raum, Zeit und gar Raumzeit verstanden sein. Im Alltag sind Raum und Zeit feststehende Begriffe und scheinen unabänderlich. Das ändert sich mit der Geschwindigkeit des Betrachters und durch große Massen. Die

Zeitmessung ist schon so genau geworden, dass diese Effekte nachgewiesen werden können. So flogen genaue Zeitmesser im Flugzeug zur Erdumrundung nach Osten (gegen die Drehrichtung der Erde), sie waren 60 Nanosekunden langsamer als die stationäre Vergleichsuhr auf der Erde. Eine andere Uhr flog nach Westen (mit der Erddrehung), sie war 270 Nanosekunden schneller als die Vergleichsuhr. Ein Zeitunterschied wird sogar schon messbar, wenn man Uhren in unterschiedlicher Höhe zum Erdboden vergleicht. Bei Annäherung an die Lichtgeschwindigkeit wird der Zeitunterschied zu stationären Uhren immer größer. Das alles weiß man erst wenige Jahrzehnte, erst seit Albert Einstein seine Relativitätstheorie entwickelt hat. Nur was Zeit eigentlich ist, ist schwer zu verstehen, es gibt sehr viele Definitionen, so voll überzeugen kann keine. Am besten gefällt mir die, dass die Zeit Grundlage allen Bestehenden ist.

Der erste Zeitbegriff wurde aus der Erdbewegung gewonnen. Da diese

Zeiteinteilung schon sehr alt ist, liegt ihr das Hexalsystem zugrunde (Tag und Nacht 12 Stunden, 60 Minuten hat die Stunde, 60 Sekunden hat die Minute, das Jahr hat 12 Monate).

Als Grundbedingung jeder Existenz ist die Zeit mit den räumlichen Dimensionen untrennbar verbunden. In den unvorstellbaren Weiten des Kosmos reicht die Zeit bis in die fernste Vergangenheit. Das Licht mit seiner Geschwindigkeit von 1 Milliarden Kilometer in der Stunde kommt bei uns in Jahrhunderten, in Jahrmillionen und in Milliarden Jahren an. Man muss sich klar machen, dass Raum und Zeit abstrakte Konzepte sind, die erst real werden, indem man sie misst. Ein Wissenschaftler hat eine andere Herangehensweise, auch an die Zeit. Ein Wissenschaftler muss seine Theorien und Bezüge nicht begreifen, solange sie widerspruchsfrei sind.

Ohne Zeitmesser ist keine Zeit und ohne Maßstab gibt es keinen Raum. Im Standardmodell des Kosmos sind die Maßstäbe für die Entfernungen und auch für die Masse der beobachteten Objekte von Größen abgeleitet, die wiederum, wie schon beschrieben, von Annahmen abgeleitet sind. So geht der zur Messung kosmischer Entfernungen benutzte Dopplereffekt von der Expansion des Raumes aus und die Masse von Objekten wird von der Helligkeit abgeleitet. Um Diskrepanzen in der Bewegung von der Materie im Raum zu erklären, erfand man dunkle Materie und dunkle Energie. Es gibt auch Theorien, die ohne diese nicht sichtbaren Bestandteile unseres Kosmos auskommen, sie konnten sich aber noch nicht gegenüber der gebräuchlichsten Theorie durchsetzen. Von dem kürzlich gestarteten Weltraumteleskop „Euclid" erhofft man Daten, die zur Klärung beitragen.

Allgemein wird die Entstehung unseres Alls vor 13,8 Milliarden Jahren angenommen. Ich lese in einer Fachzeitschrift, dass unser neustes Weltraumteleskop mit tagelanger Belichtung in einem sonst dunklem Messbereich Galaxien sichtbar machen konnte, deren Alter auf 13,5 Milliarden Jahre eingeordnet wurde. Dadurch entstehen Probleme mit der bisherigen Vorstellung von der Anfangszeit. Die Zeit wäre zu kurz von der angenommenen Entstehung des Kosmos bis zur Bildung von Galaxien. Ich habe damit ein anderes Problem. Wenn dieses Weltraumteleskop zur selben Zeit nicht nur nach vorn, sondern auch in die Gegenrichtung gemessen hätte, in welcher Entfernung wären dort Galaxien gemessen worden? Meine Vorbehalte zu etablierten Anschauungen oder auch Missverständnisse meinerseits sprengen aber den Rahmen meines Themas.

Da Geschwindigkeit gleich Raum (Strecke) geteilt durch die Zeit ist und die Lichtgeschwindigkeit eine feste Größe ist, muss das Verhältnis zwischen Raum und Zeit immer konstant sein, das heißt, ändert sich die Zeit - diese Änderungen wurden vorangehend beschrieben - muss sich auch der Raum ändern. Das brachte Albert Einstein zu der Erkenntnis, dass die

Gravitation keine Kraft ist, sie drückt lediglich die Raumzeitgeometrie aus. Schwerkraft und Beschleunigung sind lokal nicht unterscheidbar. Leider ist es mir nicht möglich, mir einen vierdimensional gekrümmten Raum vorzustellen, und erst recht nicht, dass diese Geometrie in der Lage ist, Massen zu Sternen zusammenzuballen und Sternsysteme im Umlauf zu halten. Das besagt nicht, dass ich diese Theorie nicht voll akzeptiere.

Unsere Heimatgalaxie, die Milchstraße, wird durch diese Raumzeitgeometrie zusammengehalten. Sie zu durchmessen braucht das Licht 100 Tausend Jahre. Obwohl unsere Galaxie aus Milliarden Sonnen besteht, ist die uns am nächsten stehende Sonne Proxima Centauri 4,2 Lichtjahre entfernt.

Die Entfernung der Sterne zu bestimmen, war in der Anfangszeit der Astronomie nicht möglich. Es gelang erst aus zeitlichem Vermessen der Venuspassage vor der Sonne von verschiedenen Erdpunkten mit Hilfe des Keplerschen Gesetzes. Mit gesteigerter Messgenauigkeit konnte man dann mit Bestimmung der Parallaxe die Entfernung der Sonne auf 61 Cygni bestimmen, sie ist immerhin 11,4 Lichtjahre entfernt. In Folge konnte man Sterne in Entfernungen bis 100 Lichtjahre anhand der festgestellten Parallaxe bestimmen. Größere astronomische Entfernungen bestimmt man anhand von sogenannten Eichkerzen, das sind pulsierende Sterne von konstanter Helligkeit. Mit immer besseren Geräten schaute man immer weiter in die Vergangenheit und entdeckte, dass im All die Anzahl der Galaxien die Milliarden weit überstieg. Milliarden Galaxien mit Milliarden Sternen, in denen neue Sterne entstehen, und alte Sterne in ihrem Endstadium werden auseinandergerissen und stürzen zusammen. Dazwischen sind riesige Gaswolken mit dem Potenzial zur Bildung von Milliarden Sternen.

Erst in diesem Jahrhundert konnte man feststellen, dass zumindest in unserer Galaxie fast alle Sterne von Planeten umkreist werden. Auch ein anderes Phänomen ist erst in den letzten Jahrzehnten entdeckt worden. Durch enge Kreisbahnen von Sternen mit großer Geschwindigkeit um das Zentrum von Galaxien stellte man fest, dass in diesen Zentren in einem sehr engen Raum die Masse von Millionen und sogar Milliarden Sonnen verborgen ist, deren Schwerkraft so groß ist, dass Materie aus der Umgebung hineingerissen wird und es nicht einmal Licht gelingt von dort zu entkommen. Dieses Phänomen nannte man „Schwarze Löcher." Auch in unserer Milchstraße befindet sich ein sogenanntes „Schwarzes Loch" mit der Bezeichnung: „Sagittarius A*".

Mit Mikrowellenstrahlung und der Zusammenschaltung von Empfangsanlagen vom ganzen Erdumfang gelang es, ein Abbild eines Schwarzen Loches zu erzeugen, das heißt von den energetischen Erscheinungen am Rande eines Schwarzen Loches, dem sogenannten Ereignishorizont. Das veröffentliche Bild ist aber keineswegs ein Foto. Zusammengeschaltete Empfänger von Mikrostrahlung sammelten das Rauschen aus dem Bereich der Strahlenquelle in tagelangen Messungen. Das Rauschen wurde dann herausgerechnet und die Daten der einzelnen Messstationen wurden in Computern zusammengeführt. Das Ergebnis waren Bereiche unterschiedlicher Strahlenintensität. Die Farben des veröffentlichten Bildes wurden dann künstlerisch hinzugefügt. So ist dieses Bild einerseits real, andererseits aber durch Berechnungen und die Zugabe von Farben gestaltet. Da Licht (im weitesten Sinne) unsere einzige Informationsquelle ist, werden wir nicht in Erfahrung bringen können, was im Inneren dieses Materieschluckers geschieht.

Man hat auch herausgefunden, dass es sehr aktive Schwarze Löcher gibt, die viel Materie schlucken, von denen große Strahlungsjets in den Raum reichen, und Schwarze Löcher, die kaum noch Materie aufnehmen. Wenn Gravitation die Raumzeitgeometrie ausdrückt, was geschieht dann im Inneren eines Schwarzen Lochs mit der Zeit und dem Raum, deren Verhältnis ja konstant bleiben muss? Das ist eine Frage, über die spekuliert werden kann, aber sie ist uns nicht zugänglich. Es muss aber zugegeben werden, dass ebenso unser gesamtes Wissen über die gewaltigen Raumdimensionen genau genommen von abgeleiteten Messmethoden abhängig ist.

Ich glaube, ich bin zu tief in den Sog des unbegreiflichen Kosmos geraten. Auch in unserer irdischen engen Welt gibt es so viel, das sich dem unmittelbarem Zugriff unserer Sinne entzieht.

Ein naheliegendes Objekt bin ich selbst. Milliarden von Zellen, von denen jede ihre feste Funktion hat und jede meinen Bauplan, meine Gene, besitzt. Dieser Bauplan ist mit den vier organischen Basen, Adenin, Thymin, Cytosin, und Guanin geschrieben und ist einzigartig. Dieser Bauplan wird von einer mRNA abgelesen und die Abschrift wird in einem Ribosom in Eiweiße übersetzt. Diese Eiweiße übernehmen dann durch Beschaffenheit und Faltung im Körper die mannigfaltigsten Aufgaben. Die gefaltete. aktive Struktur dieser Proteine ist verwirrend kompliziert. Die resultierenden Bausteine meines Körpers, die Zellen, sind nicht minder vielfältig. Wenn sich in einer befruchteten Zelle der Kern teilt und sich die Zelle in zwei Zellen aufspaltet, dann in vier, in acht, in sechzehn bis hin zu einem Organismus aus spezialisierten Zellen mit festen Funktionen, vollzieht sich ein Wunder. Welche Lebenskraft entfaltet sich aus einem vereinigten Genom! Dieses Wunder sind wir geneigt als ein isoliertes Geschehen zu betrachten. Das scheint nur so. Schon zu Beginn ist die Umwelt mit eingebunden und die Verknüpfungen mit der Außenwelt schreiten mit dem Wachstum voran. Wir leben mit einem Biom, auf das wir angewiesen sind, aber auch direkte Einflüsse der Umgebung sind erforderlich wie eine sehr eng begrenzte Temperatur, eine lebensfreundliche

Lufthülle, ein Austausch von Wasser und Nahrung zur Energieerzeugung und zur Bereitstellung von notwendigen Stoffen aus der Umwelt.

Wie präzise arbeiten die Zellen meines Körpers Tag für Tag, Jahr um Jahr! Die Muskelzellen meines Herzens ziehen sich zusammen und pumpen mein Blut bis in die kleinsten Adern. Alles wird koordiniert durch Botenstoffe und durch Signale der Nervenzellen. Das Immunsystem erkennt Bedrohungen und repariert Schäden. Mein Körper ist auf die Umwelt angewiesen, muss sich aber auch gegen schädliche Einflüsse wehren können. Dass mein Denkorgan neben unzähligen notwendigen Regelungen auch noch die Vorgänge, die sich in meinem Inneren vollziehen und die im Austausch mit der Außenwelt stattfinden, in Erfahrung bringen kann, sehe ich als eines der zuzüglichen Wunder. Hinzu kommen dann noch die psychischen Vorgänge, die oft mit Seele umschrieben werden. Ich bemühe mich, aber im Grunde bleibe ich für mich das unbekannte Wesen, das ich akzeptiere, aber auch oft befremdlich finde.

Es gibt starke Kräfte, die uns lenken, wie zum Beispiel die Liebe. Die Liebe zu den eigenen Nachkommen, lässt sich noch leicht verstehen, aber die Bindung an einen erst noch fremden Menschen ist nicht so leicht rational nachzuvollziehen. Mir scheint auch, dass diese gefühlsmäßigen Vorgänge sich zum Teil unserer bewussten Kontrolle entziehen. Damit komme ich zu dem Problem von Zufall und Notwendigkeit. Ich glaube begriffen zu haben, woraus die Denkschwierigkeiten bei diesem Begriffspaar entstehen. Die Zahl der determinierten Aktionen ist unendlich groß, der Ereignisraum, in dem sie stattfinden, ist begrenzt. Da müssen doch Aktionen, die vorher keine Verbindung hatten, aneinandergeraten. Aus dem nicht determinierten Zusammentreffen von Handlungssträngen entstehen dann neue nun determinierte Folgen. Das klingt zu theoretisch. Ich erkläre es einfach: Es gibt

Bedingungen, die mich veranlassen in eine Richtung zu gehen. Es gibt Gründe, weshalb ein Mensch eine Gartenmauer errichtet hat. Es gibt auch Gründe, weshalb ich abgelenkt bin. Jedenfalls stoße ich gegen die Mauer, was keinesfalls eine Notwendigkeit ist, sich aber aus kausalen Ketten ergibt, die unabhängig in Raum und Zeit zusammenstoßen. Da unzählige determinierte Aktionen das Geschehen bevölkern, hat der Zufall reiche Nahrung. Wie steht es aber mit der Freiheit menschlichen Handelns? Wie weit wird unser Handeln durch unsere inneren Modelle vorbestimmt? Es wurde gemessen, dass Aktionspotenziale oft schon vor einem Entschluss auftreten. Da unser Gehirn aber sehr vielschichtig arbeitet, ist es wohl möglich, Aktionspotenziale zu überbrücken und sie zu übergehen. Ich glaube, es laufen in uns zur selben Zeit viele Prozesse parallel zueinander ab und die Entscheidung, welchem Impuls wir folgen, ist nicht festgelegt und bietet Freiheitsgrade. Das könnte man eine bedingte Freiheit nennen. Ich bin mir nicht sicher, ob sich unsere Gefühlswelt auch in diese Hypothese einordnen lässt. Menschliche Triebe wie der Selbsterhaltungstrieb oder unser sexueller Trieb scheinen sehr dominant zu sein.

Viel diskutiert wurden Zufall oder Notwendigkeit im Zusammenhang mit der Entstehung des Lebens. Ist das Leben auf dieser Erde ein allgemeingültiges Prinzip oder war es die Folge von zufälligen irdischen Gegebenheiten? Da aber schon im Weltraum wie zum Beispiel in den Geysiren aus dem zugefrorenem Ozean des Saturnmondes Enceladus Aminosäuren, die Bausteine von Proteinen, nachgewiesen werden konnten, wird eine isolierte Entstehung von Leben auf der Erde unwahrscheinlicher. Um diese Frage zu diskutieren, muss vorher versucht werden zu klären, was unter Leben zu verstehen ist. Eine eindeutige Definition dieses Begriffes ist wohl sehr schwierig. Es sollten aber vorhanden sein: 1. Die Fähigkeit vererbbare Informationen zu produzieren und weiterzugeben und 2. Energie aufzunehmen und umzuwandeln und einen Zustand fern von dem thermostatischen Gleichgewicht einzunehmen und 3. die Befähigung sich von der Umwelt abzugrenzen.

Der größte Anteil des irdischen Lebens findet für uns im Verborgenen statt. Auf der Erde wird die Anzahl der Mikrospezies im Erdboden, auf der Oberfläche, im Wasser und in der Luft auf mehr als 3 Billionen geschätzt. Die Menge an Bakterienzellen auf unserer Erde übersteigt die Zahl der Sterne in unserer Milchstraße um ein Vielfaches und jede trägt zwei bis vier Millionen Proteine in sich, das ergibt wieder Zahlen, die sich unserer Vorstellung entziehen. Nimmt man die höher entwickelten Spezies hinzu, die sich aus vielen Milliarden Bausteinen zusammensetzen, wird selbst eine Berechnung illusorisch.

Funde von Mikrofossilien erster Lebewesen werden auf 3,95 bis 3,45 Milliarden vor unserer Zeitrechnung datiert. Es sind hohlraumähnliche Strukturen in Sedimenten und Gesteinen. In Zirkonen, den ältesten gefundenen Gesteinsproben, fanden sich kleine Reste teerähnlicher Substanzen und Methan. Anhand des Genoms einfacher Einzeller, die vermutlich ursprünglichen Lebensformen nahekommen, entwickelte man einen theoretischen Urahn mit einem Stoffwechsel von CO_2 und H_2, den man LUCA nannte. CO_2 dient dieser hypothetischen Zelle als Kohlenstofflieferant und H_2 liefert die Energie. Einzeller mit derartigem Metabolismus gibt es noch heute in Sedimenten am Meeresgrund als Methanogene und Acetogene, das heißt Einzeller, die Methan und die Essigsäure produzieren. Den Entstehungsort der ersten primitiven Lebensformen vermutet man an Warmwasserquellen in Vulkanlandschaften oder in hydrothermalen Spalten der Erdkruste oder auch an heißen Tiefseequellen wie den weißen und schwarzen Rauchern. An diesen Orten werden auch Minerale und

Metalle ausgeschieden, die als Katalysatoren dienen konnten. Vorstellungen über den Übergang von toter zu belebter Materie sind erst im Ansatz vorhanden. Mir scheint die Fortentwicklung dieser ersten ursprünglichen Zellen durch das, was wir Evolution nennen, noch viel erstaunlicher. Erstaunlich ist sicher ein viel zu schwacher Ausdruck, ich würde es als vollkommen unmöglich bezeichnen, wenn sich die Wirklichkeit nicht wieder einmal als stärker erweisen würde. Von dem weiteren Fortgang der unübersehbaren Entwicklungen künden archäologische Funde, von den ersten Meereslebewesen, von der Besiedelung trockener Gebiete, von der Entwicklung gigantischer Lebensformen, vom Aussterben durch Veränderungen der Umweltbedingungen und der Entstehung immer neuer angepasster Arten.

Nach einer Evolutionsdauer von ungefähr 4 Milliarden Jahren entwickelte sich nach ungefähr 3,9 Milliarden Jahren die Gattung

Mensch. Der Mensch zeichnete sich dadurch aus, dass er es verstand, die Umwelt zu seinen Gunsten umzugestalten (Werkzeuggebrauch, Feuer, Kleidung, Pflanzen, Tierzucht und Technik). Nachdem sich diese Spezies in 99,9 % ihrer Entwicklung auf der Erde ausgebreitet hatte, begann sie durch exponentielles Wachstum und Ressourcenverbrauch die Umwelt nachhaltig zu schädigen. Menschen betrachteten sich als „Krone der Schöpfung" und meinten als Beherrscher der Natur diese je nach Bedürfnis umgestalten zu können. Freie Natur wurde zu Menschenland, auf dem der Lebensraum für andere Lebewesen immer stärker eingeschränkt wurde. Erst als die Schäden an der Natur immer sichtbarer wurden, merkten die Menschen, dass sie nicht von der Natur zu trennen sind, dass sie ein Teil von ihr waren.

Den bedrohlichen Teil dieser Entwicklung habe ich mit durchlebt und kann ihn aus persönlichem Erleben schildern.

Als ich geboren wurde, hatte die technische Entwicklung zwar schon einige hundert Jahre begonnen, doch sie hatte noch nicht das Niveau erreicht, dass Umweltschäden ins menschliche Bewusstsein traten. Die damals noch recht jungen Industrienationen hatten zwei blutige Kriege geführt, von denen ich den letzten als Kind noch miterleben musste. Nach dem Krieg herrschten Hunger und Wohnungsnot. Es kam der Wiederaufbau der zerstörten Städte und in Deutschland kam das sogenannte Wirtschaftswunder. Nach den Entbehrungen wurden die Menschen gierig nach Besitz. Mir ging es nicht anders, schon von dem ersten selbstverdienten Geld machte ich den Führerschein und kaufte mir ein Motorrad. Ich kaufte neue Kleidung, ging zum Tanzen, heiratete, zog in eine neue Wohnung und erwarb Möbel. Es wurden allerlei Küchengeräte angeschafft, dann zog ich in eine größere Wohnung und kaufte einen PKW. Es ging mit dem Wohlstand steil bergauf. Mit meiner zweiten Frau zog ich mit meinen Kindern erst in eine große

Wohnung, dann in ein Reihenhaus und dann kaufte ich ein Haus auf dem Lande und baute es aus. Nun brauchten wir zwei PKW. Es begann die Zeit der weiten Reisen. Wir flogen in alle Erdteile und bereisten die ganze Welt. Später kaufte ich ein Haus in der Stadt. Dann schafften wir uns ein Wohnmobil an und reisten in Europa hin und her. Schon viele Jahre war mir bewusst, dass das exponentielle Bevölkerungswachstum in eine Katastrophe führen musste. Die Schäden der Umwelt durch den hohen CO_2-Ausstoß, der Temperaturanstieg, die Schäden durch intensive Landwirtschaft mit Monokulturen und hohem Verbrauch an Düngung und Insektiziden wurden mir erst nach und nach bewusst. Manche Anzeichen waren gut zu sehen. So war in jungen Jahren bei Autofahrten im Sommer die Windschutzscheibe voller Insektenleichen. Heute ist sogar nach hunderten Kilometer die Windschutzscheibe sauber. Als mein Führerschein noch neu war, konnte man unbehindert weit fahren, heute steht man oft in einem Stau, doch das Schlimmste ist, in den Städten sind die Straßen voll geparkt mit ungenutzten Fahrzeugen. In breiten Straßen kommt oft der Gegenverkehr nicht mehr ungehindert durch. Dennoch werden Jahr um Jahr mehrere Millionen Fahrzeuge gebaut. Ich registriere das und versuche etwas dagegen zu steuern. Nun habe ich Photovoltaik auf dem Dach, lasse statt Gasheizung eine Wärmepumpe einbauen, fahre ein Elektroauto und gehe die meisten Wege zu Fuß. Das ist wenig, ich habe noch den PKW und wohne in einem großen Haus. Zwar verzichte ich aufs Fliegen, doch mache ich noch Urlaub an der See.

Auch in der gesamten Bevölkerung ist nun angekommen, wie viel Gefahren durch die übermäßige Belastung der Natur entstehen. Es scheint aber, dass alte Gewohnheiten und das Verlangen nach Besitz sich stärker auswirken als eine Gefahr, die in einer Zukunft lauert. In einer Gesellschaft, in der die Gier nach Reichtum zu einem Auseinanderdriften zwischen kleinen Gruppen von Besitzenden und einer Masse von Abhängigen geführt hat, ist das nicht verwunderlich. Wo Besitz als Ideal dargestellt wird, darf man wohl Solidarität nicht erwarten können. Ich befürchte, dass alle Einsicht nicht die Triebkräfte, die in der Gesellschaft schlummern, überwinden kann. Meine Sorge gilt vor allen den aufwachsenden und noch kommenden Generationen.

Zu einer modernen Medizin sehe ich keine Alternativen, obwohl sie wie jeder Segen auch Nachteile mit sich bringt. Ich selbst wäre ohne ihre Hilfe schon einige Male zu Tode gekommen. So schiebt sie die erwartbare Lebenszeit immer mehr 100 Jahren entgegen und verstärkt dadurch das Bevölkerungswachstum. Mit ihrer segensreichen Tätigkeit verhindert sie auch die für eine Spezies notwendige Auslese. Langfristig hat das Auswirkungen auf die Entwicklung und die Widerstandsfähigkeit nachkommender Generationen. Die Medizin gehört zu den Techniken, die uns immer weiter vom

Verbund mit der übrigen Natur entfernen, auf die wir aber auch nicht mehr verzichten können. Eine humane Gesinnung kann Hilfen bei körperlichen Schäden nicht ausschließen, aber Hilfen greifen ein in natürliche Prozesse. Das ist nur eins der Dilemmata der menschlichen Rasse. Man muss sich damit abfinden, dass jede Entwicklung auch Schäden anrichtet und an ihre Grenzen stößt. Unsere Erde kam schon die allermeiste Zeit ohne Menschen aus und wird wohl auch in weiterer Zukunft nicht langfristig von Menschen besiedelt sein.

Vom Mond aus sieht unser blauer Planet zart und gebrechlich aus. In unseren Augen schien die Erde in der Vergangenheit nahezu unverwüstlich. Sie wurde ausgebeutet und umgestaltet. Meist war es ein schleichender Prozess. Selten wird es Menschen bewusst, wie groß die Wunden sind, die wir unserer Erde schlagen. Als ich in Afrika am Rand einer Diamantenmine stand und in den riesigen Trichter schaute, unten am Grund kaum die großen Lastwagen ausmachen konnte, packte mich das Grauen.

Die Erde hat schon sehr unruhige Zeiten hinter sich gebracht. Kaum hatte sich ihre Außenhülle verfestigt, prasselten Meteoriten auf sie ein. Es wird angenommen, dass durch den Zusammenstoß mit einem größeren Objekt aus dem Raum Materie aus der Erdhülle gesprengt wurde, die sich zum Mond zusammenballte. Obwohl sich der Mond langsam von der Erde entfernt, hat er doch Einfluss auf irdisches Geschehen.

Der größte Teil der Erdoberfläche ist von Wasser bedeckt. Im Anfang gab es nur einen zusammenhängenden Teil, der nicht von Wasser bedeckt war, einen einzigen Kontinent. Als er zerbrach, drifteten die Teile auseinander und da, wo sie zusammenstießen, wurden Gebirge empor gedrückt. Auch in heutiger Zeit ist die Drift der Kontinente noch nicht zum Stillstand gekommen. Der amerikanische Kontinent entfernt sich noch immer vom afrikanischen und durch Afrika geht ein

Riss, an dem der Kontinent auseinanderbrechen könnte. Unter der Erdoberfläche ist die Materie noch im flüssigen Zustand und an den Risszonen der Kontinente tritt sie von Zeit zu Zeit mit Gewalt hervor. In der Vergangenheit hat dieser Vulkanismus stark an der Gestaltung der Erdoberfläche mitgearbeitet. In heutiger Zeit sind Vulkanausbrüche seltener geworden. Unterseeische Vulkane lassen noch Inseln aus dem Meer wachsen und ab und zu gestaltet ein größerer Ausbruch das betroffene Gebiet um.

Die Erde rotiert mit einer Geschwindigkeit von etwas mehr als eintausend Kilometern pro Stunde um ihre eigene Achse und sie umrundet die Sonne mit einer Zehnerpotenz größerer Geschwindigkeit. Davon merken wir nichts, wir rasen mit.

Wenn man Menschen in Längsrichtung als eine Kette aneinanderreihen könnte, würden 20 Millionen Menschen ausreichen, um die Erde zu umrunden. Die Menschen der Erde könnten also aufgereiht mehr als 400 Menschenringe um die Erde legen und fast jedes Jahr käme eine Kette hinzu.

Eine Voraussetzung für irdisches Leben ist das Wasser, das reichlich vorhanden ist und zwei Drittel der Oberfläche bedeckt. Wasser gibt es überall, im Erdboden, in Pflanzen und Tieren und in der Luft. Wir selbst bestehen zum größten Teil aus Wasser. Je nach Temperatur ist unsere Gashülle mit mehr oder weniger Wasser gesättigt. In den oberen Luftschichten kondensiert das Wasser und bildet Wolken. Die umgebende Lufthülle ist relativ dünn. Hätte die Erde die Größe eines Eies, wäre die Luftschicht nicht dicker als die Eierschale.

Durch Einfluss von Temperatur und Wassergehalt spielen sich in unserer Gashülle dynamische Prozesse ab. Verdunstung und Kondensation speichern große Energiemengen, die sich in Stürmen und elektrischen Entladungen äußern. Unsere Gashülle ist aber nicht konstant. Der Sauerstoffgehalt von 20% wurde erst in der Vorzeit von Algen und Pflanzen geschaffen, die mit Photosynthese Sauerstoff freisetzten. Der CO_2- Gehalt der Luft spielt durch Reflexion der Wärmestrahlung eine große Rolle beim Wärmehaushalt der Erde. Da in den letzten hundert Jahren durch menschliche Tätigkeit große Mengen an Kohlenstoff freigesetzt wurden, der in Millionen von Jahren durch absterbende Pflanzen im Erdboden abgelagert wurde, steigt die Durchschnittstemperatur der Erde an. Dieser Anstieg zeigt die Störung der Energiebilanz der Erde und belastet die gesamte Biomasse, die an bestimmte Umweltbedingungen angepasst ist. Der Einfluss von gestiegener CO_2-Konzentration ist es aber nicht allein, der die Erdtemperatur beeinflusst. Durch Abschmelzung der Gletscher und der polaren Eiskappen ändert sich die Reflexionsfähigkeit, durch das Abschmelzen großer Mengen von reinem Wasser ändert sich der Salzgehalt der Meere und damit die Wärmezirkulation im Meer. Außerdem steigt der Meerespegel und verkleinert die verfügbaren

Siedlungsräume für die Gesamtheit der irdischen Lebewesen, die durch menschliche Aktivitäten, Abholzung der Wälder für Monokulturen zur Nahrungserzeugung, die Versiegelung von Böden durch große Städte und Straßen und durch Massen von Abfall und Umweltgifte ohnehin schon sehr eingeschränkt sind. Der Mensch hat damit das 6. große Artensterben ausgelöst, während die 5 vorangegangenen Artensterben durch naturbedingte Umbrüche der Umweltbedingungen entstanden. Noch denken viele Menschen, das Artensterben betreffe die Vielfalt, es mache zwar die Natur ärmer, es seien aber die anderen Lebewesen, die aussterben werden. Das ist ein Fehlschluss, wir sind viel fester mit dem Leben auf der Erde verbunden, als wir meinen. Viele Menschen glauben an die Technik und dass sich damit alle Schwierigkeiten überwinden lassen. Technik ist aber gegen die Natur gerichtet, mit Technik schränken wir die Natur ein. Sie scheint nur ein Ausweg zu sein und überwindet nur kurzfristig einige Probleme. Sie vergrößert die Rate unserer Unangepasstheit. Verlieren wir die Kontrolle über die Technik, und das zeichnet sich schon heute mit der Entwicklung der technischen Intelligenz ab, stehen wir mit leeren Händen unserem Verhängnis gegenüber.

Bäume sind für mich ein Symbol für das Leben, in ihrer Gesellschaft habe ich mich immer wohl gefühlt. Meine Frau und ich genossen unsere Heirat in einem Schlösschen mitten in einem schönen Waldgebiet. Wir kehrten oft dahin zurück. Obwohl das Schlösschen später verwaist war, konnten wir doch in dem schönen Wald wandern. Im letzten Jahr erlebten wir eine Enttäuschung. Die Berghänge waren kahl, ab und zu noch ein einzelner Baum und Gruppen von verdorrten Stangen. Der nun weite Ausblick entschädigte nicht wirklich. Wir waren deprimiert und sind seitdem nicht mehr dorthin gekehrt. Ebenso ging es uns mit einem anderen von uns oft besuchtem Naturgebiet, dem Harz, in dem wir schon

Jahre vorher den Beginn des Baumsterbens erlebt haben. Nun sind die meisten Berghänge verwaist. Aber dort gibt es einen kleinen Lichtblick, in einigen Regionen beginnt neues Leben, Büsche und junge Laubbäume beginnen sich das Gebiet zurückzuerobern. Ich wollte aber eigentlich von dem Wunder großer gesunder Bäume berichten. Welch eine Lebenskraft, die das Wasser von den Wurzeln bis hinauf in die höchsten Blätter pumpt. Die Blätter werden so reichlich versorgt, dass sie noch Feuchtigkeit in die Umwelt abgeben können. Der nahrhafte Saft, den die Blätter produzieren, wird bis zu den tiefsten Wurzeln gepumpt, wo symbiotische Pilze daran teilhaben. Selbst jungen und kranken Bäumen überlässt so ein starker gesunder Baum durch seine weitausladenden Wurzeln einen Anteil seiner Nahrung. In Gesellschaft mit anderen Bäumen entsteht ein Gesamtorganismus, den wir Wald nennen. Bäume kommunizieren untereinander, warnen vor Gefahren und stimmen sich ab. Längst haben wir noch nicht alle ihrer

Geheimnisse entschlüsselt. Für uns Menschen sind sie oft nur Material, das wir für uns nutzen. Holz war schon immer einer der wichtigsten Grundstoffe zum Häuserbau, zur Herstellung von Möbeln und Gegenständen und zur Heizung. Der Wald ist aber auf Wasser angewiesen und ein gestörter Wasserhaushalt bei gestiegenen Temperaturen überfordert die Widerstandskraft unserer Wälder. Der Rückgang bewaldeter Flächen und Baumsterben vergrößern die schon bestehenden Umweltprobleme.

Ich bin entschlossen, auch über Themen zu schreiben, von denen ich herzlich wenig verstehe. Ich denke da vor allem an die Interaktionen unserer menschlichen Gemeinschaft. Uns Menschen stehen die Tore zur Erkenntnis weit offen und wir lassen uns dennoch so leicht in die Irrationalität entführen. Sicher sind es auch archaische Triebe aus dem Unterbewusstsein, die daran teilhaben. Wie kann es sein, dass Menschen oft schlimmer als Wölfe ihre Mitmenschen anfallen? Sie lassen sich in Kriege treiben und im Kampf verlieren sie durch Angst und Aggression die rationale Kontrolle, sie werden unreflektiert grausam, selbst gegen Frauen und Kinder. Aber grausames Verhalten beginnt nicht erst in Extremsituationen. Intoleranz und Gruppendenken scheinen tief verwurzelt und fördern sowohl Hass als auch Angst und schaffen Bereitschaft zur Gewalt gegen vermeintliche Feinde. Wie können äußere Aspekte wie geschlechtliche Orientierung, Gestalt, Haut- oder Haarfarbe, dazu führen, dass Menschen von vernunftbegabten Mitmenschen abgelehnt und ausgegrenzt werden? Wie kommt es dazu, dass Nationalismus und Rassismus zur Grundüberzeugung eines Menschen werden können? Es könnte eine Hypothek aus der Urzeit des Menschen sein, die Menschen zur Gewalt treibt, aber es kann auch sein, dass religiöse Vorstellungen mit ihrem Ausschließlichkeitsanspruch an solchen Tendenzen mitgewirkt haben.

Wenn man genauer hinsieht, sind viele gesellschaftliche Interaktionen nicht selbstverständlich und rational begründbar. Einiges kann man unter dem Begriff „Moden" zusammenfassen. Mit diesem Begriff habe ich Schwierigkeiten, ich übersetze ihn mit übernommenes, unkritisches, extrovertiertes Verhalten. Das klingt voreingenommen, und ist es wohl auch. Erich Kästner hat ähnliche Gefühle in dem Gedicht „Die sogenannten Klassefrauen" zum Ausdruck gebracht. Wie unzufrieden muss man mit der eigenen Erscheinung sein, wenn Investitionen in auffällige Klamotten, in Schmuck, in Piercing, in Tattoos und Schminke die Geltung gegenüber anderen Personen betonen müssen? Man kann den Begriff auch ausweiten auf Besitzstreben von Dingen, die andere ebenfalls als begehrenswert erachten. Da kann man viele Beispiele anführen. So haben zum Beispiel Diamanten einen geringen Materialwert und wie kostbar werden sie gehandelt. Auch wenn Millionenbeträge für Bilder bekannter Maler gezahlt werden, hat das wenig mit der Bedeutung eines Bildes zu tun. Falls ich ein noch unbekanntes Bild eines bekannten Malers hätte, z.B. von Picasso, und ich würde es mit Franz Mayer signieren und dem Handel anbieten, wer würde es dann kaufen? Für ein Konzert eines berühmten Sängers müsste ich fast einen Monatslohn bezahlen, dabei gibt es so viele gute Sänger, die Mühe haben, Beschäftigung zu finden. In allen diesen Beispielen spielt der Herdentrieb eine Rolle, ich muss es haben, ich muss es tun, weil andere es auch haben oder tun wollen.

Die Frage, was das mit dem Thema dieser Niederschrift zu tun hat, beantwortet sich als ein Versuch, damit die gewohnten und alltäglichen Werte zu hinterfragen und bloßzustellen. Es soll zeigen, dass weniger dir Vernunft, sondern unterschwellige Gefühle die prägende Kraft sind.

Was zeichnet die Menschen gegenüber den anderen Säugetieren aus, dass sie einen so exponierten Platz im Tierreich einnehmen? Da kommt sogleich das große und hochentwickelte Gehirn in Betracht. Nur bietet das keine erschöpfende Erklärung, denn diese spezielle Entwicklung unseres Denkorgans muss auch Ursachen haben und außerdem haben andere Tiere ebenfalls hochentwickelte Gehirne. Selbst die im Stammbaum uns so fernstehenden Tiere wie Wale haben ein hochspezialisiertes Denkorgan. Die uns so nah stehenden Affen haben zwar ein etwas kleineres Gehirn, aber sie haben alle Voraussetzungen sich intellektuell weiterzuentwickeln, doch sie verändern sich kaum. In den ersten drei Lebensjahren verläuft das Wachstum von Menschenaffen dem Wachstum von Menschenbabys parallel, dann verzweigen sich die Entwicklungsfortschritte. Als zweiter Grund kommt unsere Sprache in Betracht. Sie ist fähig zu koordinieren und eine Entwicklung weiterzutreiben. Wenn man Sprache als die Fähigkeit, Informationen mitzuteilen, betrachtet, kommt man aber zu dem Schluss, dass diese Fähigkeit im Tierreich weit verbreitet ist. Tiere sind fähig sich zusammenzuschließen und Probleme gemeinsam zu lösen. Sie sind außerdem fähig ihren Nachwuchs zu erziehen und auf ein späteres Leben vorzubereiten. Das zeigt, dass bei Tieren sogar Vorstellungen von zukünftigen Entwicklungen vorhanden sind. Es scheint sogar, dass Tiere, wie zum Beispiel Elefanten, auch Vorstellungen von Leben und Tod haben. Uns fällt es sehr schwer, Tieren eine Sprache zuzugestehen, je weiter sie im Stammbaum von uns entfernt sind. Als weiteren Grund kommen unsere Hände in Betracht. Durch den Gebrauch dieser so vielfältig benutzbaren Gliedmaßen kamen wir zum Werkzeuggebrauch und über das Handwerk zur Technik. Nebenbei gesagt entwickelt sich die Technik in einem exponentiellen Wachstum und ist nun schon so weit fortgeschritten, dass sie droht unserer Kontrolle zu entgleiten. Unsere nächsten Verwandten, die Affen, haben ebenfalls diese Greiforgane und machen auch von einfachem Werkzeug Gebrauch. Werkzeug verwenden sogar manche Vögel, die sich mit einem recht einfachen Greiforgan, dem Schnabel, zufriedengeben müssen. Wie weit Teile unseres Trieblebens und der Gefühlswelt zu unserer Entwicklung beigetragen haben, vermag ich nicht zu beurteilen. Sicher bin ich, dass nicht nur eine Voraussetzung, sondern eine Vielzahl von Faktoren dazu beigetragen haben, dass wir zu dem wurden, was wir sind. Genau genommen sind wir Säugetiere mit speziellen Fertigkeiten und nur ein kleiner Ausschnitt aus dem vielfältigen irdischen Leben.

Ich komme noch einmal auf Organisationsformen der menschlichen Gemeinschaft zurück. Im Laufe der Geschichte haben sich immer kompliziertere Formen des Zusammenlebens herausgebildet. Aus Spezialisierungen entstanden Berufe und aus dem Handel mit Gütern entstand eine Währung, eine Gutschrift für Waren. Daraus wurden später geprägte Münzen, deren Wert von einem Herrscher bestimmt und in späterer Zeit ausgehandelt wurde. Der Handel weitete sich über weite Gebiete aus und aus der Lenkung des Handels wurde das, was wir heute Wirtschaft nennen. Über die Wirtschaft gibt es viele komplizierte Theorien, ich möchte eine ganz einfache, reduzierte schildern. Den Kern bildet das Geld, die Gutschrift für Waren, dessen Wert anhand der Produktion von Waren und anhand der Nachfrage an Zahlungsmitteln von übergreifenden Organisationen festgestellt wird. Eine zweite Form des Geldes ist das Kapital, Geld, das investiert wird, um einen Mehrwert zu erzielen. Da dieses Geld dazu dient, Mehrwert zu erzeugen, wächst es an. So kommt es dazu, dass Personengruppen, die Geld übrig haben, um es zu investieren, immer mehr Geld anhäufen, während weitaus die meisten Menschen nur so viel Geld durch ihre Arbeit verdienen, um es in benötigte Waren umzusetzen. Damit das Kapital Mehrwert erzeugen kann, müssen die damit erzeugten Waren auch abgenommen werden. So sind die Besitzer von Produktionsmitteln stets bemüht, die Nachfrage nach Waren immer mehr zu steigern und neuen Bedarf zu wecken. Der Besitz von Waren wird im Bewusstsein für viele Konsumenten ein wichtiges Lebensziel. Es kommt zur Kumulation von Waren, die überflüssig sind und viele natürliche Ressourcen verbrauchen. Das mündet dann in die heute bestehende Umweltkrise.

Das Auseinanderdriften von Personengruppen mit Kapital und normalen Konsumenten erzeugt langfristig auch Probleme, weil viel Geld auch Macht ausüben kann. So erlangt eine kleine Gruppe in der Bevölkerung immer mehr Einfluss auf gesellschaftliche Entscheidungen. Mir scheint deshalb, dass den kritischen Entwicklungen in unserer Biosphäre nur begegnet werden kann, wenn unser Wirtschaftssystem einem Ausgleich zugeführt wird. Vielen Menschen scheint nicht klar zu sein, dass ein Rückgang der Ausbeutung unserer Umwelt einen Rückgang der

Kapitalverwertung zeitigt und in die Gesellschaftsstruktur eingreift. Dafür können die Personengruppen mit viel Macht wohl kaum Interesse aufbringen. Gesellschaften reagieren sehr träge und neigen nicht zu Veränderungen. Ich sehe in diesem Verhalten eine Ähnlichkeit mit chemischen Reaktionen. Um zu reagieren, brauchen Reaktionspartner eine Zufuhr von Energie, der sogenannten Aktivierungsenergie, oder Katalysatoren, welche die benötigte Aktivierungsenergie herabsetzen. Selbst ein so explosives Gemisch wie Wasserstoff und Sauerstoff braucht einen Schubs, um dann unter Energiefreisetzung heftig zu explodieren. In Gesellschaften könnte Ähnliches stattfinden, da könnten Personen oder Personengruppen als Katalysatoren wirken, die Energieschwelle herabsetzen und Veränderungen auslösen.

Alle Fragen, die wir stellen können, haben menschliche Dimensionen und nur in diesen Dimensionen können wir Antworten aufnehmen. Was wir auch erforschen, wir finden doch immer nur uns selbst. Wie sollte es aber auch anders sein, denn unser einziger Bezugspunkt, auf den wir alles beziehen, ist unser „Ich". Es gibt keine Wirklichkeit an sich, es gibt nur uns und das, was wir Wirklichkeit nennen, unbeschadet davon, dass die sogenannte Wirklichkeit zu groß für begrenzte Organismen ist. Auch die Naturwissenschaften beschreiben nicht die Wirklichkeit, es sind unsere Dimensionen, in denen die Phänomene beschrieben werden. Die Naturgesetze sind abstrakte menschliche Konstrukte, die trotzdem reale Prozesse beschreiben. Man könnte sagen, dass sie aus unseren Gehirnen entsprungen sind. Die Gesetze an sich genommen sind real in unserer Welt. Nimmt man das Gravitationsgesetz, kann man feststellen, dass alles zum Erdmittelpunkt, dem Zentrum irdischer Gravitation fällt.

Dabei komme ich auf einen Begriff, der schon sehr viel Streit hervorgerufen hat, den der Wahrheit. Die Wahrheit gibt es nur in Verbindung zu ihren Maßstäben und so gesehen kann es keine absolute Wahrheit geben. Da jeder Mensch seine eigenen Maßstäbe hat, muss er dann wohl auch eine eigene Wahrheit haben. Das wird interessant in Hinsicht auf Informationen, die wir von anderen Personen oder den Medien erhalten. Diese Informationen können wir zunächst nur glauben, sie haben lediglich einen vorläufigen Wahrheitsgehalt und können nur nach kritischer Prüfung durch unsere Maßstäbe angenommen oder ausgeschlossen werden.

Durch die digitale Welt sind neue Rätsel in unsere Welt gekommen. Schon wird diskutiert, ob neue Software in den neuen Supercomputern Bewusstsein erzeugen kann. Das bekommt ein großes Gewicht, weil diese Programme der technischen Intelligenz sich selbst maximieren können und deshalb die zugrundeliegenden Programme nicht mehr vollständig nachvollzogen werden können. Es kann sein, dass die Frage nach dem Bewusstsein eine der falsch gestellten Fragen ist, andererseits halte ich es für durchaus möglich, dass Selbsterkennungs-schleifen zu Bewusstsein und zu eigenen Interessen führen könnten. Ich hoffe aber sehr, dass so etwas nicht passieren kann, denn dann wären wir nicht besser dran als der bekannte Zauberlehrling.

Kann man das, was wir durch immer feinere Messmethoden ableiten, wirklich begreifen und welche Auswirkungen haben diese Erkenntnisse auf unser Weltbild, das uns von unseren Sinnen gezeichnet wird? Wir gewinnen laufend neues Wissen. Durch neue Erkenntnisse müssen unsere gängigen Maßstäbe hinterfragt und angepasst werden. Um etwas unendlich genau zu wissen, müsste man einen unendlich genauen Maßstab haben und dazu noch unendlich lange messen. In einem zeitlichen Universum kann man prinzipiell nicht genau messen. Das zeigt sich sogar in der Mathematik und führt zur Heisenbergschen Unschärferelation. In einer Hinsicht täuschen uns aber auch mathematische Gleichungen, indem sie die Natur mit Exaktheit beschreiben. Wäre die Lichtgeschwindigkeit unendlich, müsste uns jede Information, auch aus dem fernsten All, sofort erreichen. Alles wäre immer gleichzeitig und mit allem verbunden. Da aber die Lichtgeschwindigkeit endlich ist, gibt es keine Unendlichkeit in Zeit und Raum und daher keine unendliche Genauigkeit. Die Unendlichkeit kann man weder mit Gedanken erfassen noch messen und ist deshalb unserem Wissen nicht zugänglich. Determinismus ist nur über kurze Zeit und in einem beschränkten Raum existent. Grundsätzlich sind Zukunft und Vergangenheit nicht berechenbar.

Dass alles in der Natur funktioniert, ist mehr als verwunderlich. Wäre die Schwerkraft nur etwas stärker, würden die Sterne zu schwarzen Löchern, wäre sie etwas schwächer, würde alles auseinanderfliegen. Wäre die elektromagnetische Kraft stärker, könnten die Sterne kein Licht zu uns senden. Die Verhältnisse im gesamten Kosmos greifen ineinander, um uns das Leben zu ermöglichen. Ist das ein Wunder oder müsste man sagen, die Wirklichkeit ist stärker als unsere Einsichten? Man könnte auch sagen, wären die Verhältnisse anders, gäbe es auch eine andere Wirklichkeit.

Das Leben auf der Erde begreife ich als eine Notwendigkeit. Von der Energie der Sonne, die von der Erde aufgenommen wird, kann nur ein kleiner Teil wieder abgestrahlt werden. Bei Gültigkeit des Energieerhaltungssatzes müsste sich die Erde allmählich aufheizen, wenn nicht die eingestrahlte Energie für energieaufnehmende Prozesse verwendet und ein Teil dieser Energie abgespeichert werden könnte. So werden die energieverbrauchenden Kreisläufe des Lebens angetrieben. Ein stetiger Wechsel von fortschreitender Entropie und den energieverbrauchenden aufbauenden Prozessen erhält einen langfristigen Gleichgewichtszustand. Wenn ich diese

Überlegungen auf den Kosmos ausweite, gerate ich in gedankliche Schwierigkeiten. Der Kosmos müsste doch wohl ein geschlossenes System sein ohne Austausch mit etwas anderem. So müsste die Entropie laufend zunehmen. Beobachtet man das? Aus Gaswolken bilden sich Sterne und formieren sich in Galaxien. Die Sterne erzeugen schwerere Atome und geben sehr viel Energie ab. Die Energie bleibt erhalten. Der Endzustand von Energie ist Wärme, also kinetische Energie der Materieteilchen. Müsste nicht der Kosmos einer homogenen Verteilung und so etwas wie einem Wärmetod zustreben? Das bedeutet natürlich wieder, Gedanken an etwas viel zu Großes zu verschwenden, indem irdische Dimensionen gedanklich in unerreichbare Gebiete exportiert werden.

Eine Gottheit ist auch ein abstraktes menschliches Konstrukt, beschreibt aber keinen realen Prozess. Dieser Begriff entstand aus der Unerklärbarkeit von Existenz und Ursprung. Nach meiner Auffassung führt dieser Begriff aber kaum an diesem unerklärbaren Rätsel vorbei. Falls ein Gott existiert, muss er auch einen Ursprung haben. Halt, wenden Gläubige ein, Gott ist ewig, er ist real, weil die Welt erschaffen worden ist. Ich halte dagegen, ein Schöpfer handelt in der Zeit, ist also auch an die Zeit gebunden. Damit wäre auch seine Existenz der Zeit unterworfen. Unsere Welt ist real, sie muss entstanden sein, aber alles, was mit ihrer Existenz verbunden ist, und auch ihr Ursprung bleiben ein unlösbares Rätsel, das sich für mich nicht auflöst, wenn ich eine handelnde Gottheit in den Erklärungsversuch einfüge. Ich habe eine schwache Ahnung, dass die zutiefst menschliche Frage nach dem Ursprung allen Seins auch eine der falschen Fragen sein könnte, die nicht beantwortet werden kann. In allen diesen Fragen, für die wir keine endgültige Antwort finden, scheint die Zeit enthalten zu sein. Die Zeit erleben wir als eine Einbahnstraße, der Zeitpfeil ist auf Zukünftiges gerichtet. Wir können sie nicht rückwärts laufen lassen, alles schreitet voran. Das ist „Erleben", ein fester Bestandteil der Existenz. Eine Existenz rückwärts gedacht wäre nicht vorhanden und das ist paradox. Wir neigen dazu, falsche Fragen zu stellen, und mühen uns ab, darauf eine Antwort zu finden. Die Religionen geben dafür ein gutes Beispiel. In fast allen Religionen spielen ein Jenseits, ein Nirwana, ein Paradis, ein Himmel, eine Hölle oder ein Hades eine wichtige Rolle. Das sind alles Orte außerhalb unserer Welt und nicht nachweisbar. Solche Vorstellungen haben einen großen Vorteil, man kann sie nicht widerlegen, denn Antibeweise sind nicht möglich. Wenn Menschen das unlösbare Rätsel nach dem „Woher und Wohin" durch das Wort Gott ersetzen, kann ich das ein Stück nachvollziehen. Begriffe aus dem Patriarchat wie König und Herrscher oder auch nur Vater machen mich misstrauisch. Ich verwende das Wort nicht, weil ich es nicht mit Inhalten füllen kann. Als Erschaffer erweitert es nicht meine Erkenntnisse und eine lenkende Funktion finde ich nicht in unserer realen Welt außer in Geschichten der Bibel. Die Bibel als

Gottes Wort buchstabengenau zu interpretieren, das Alter der Erde anhand der Aufzählung der Generationen mit etwas über 6000 Jahren zu behaupten, was in den Glaubensgemeinschaften der USA durchaus vorkommt, obwohl alle Fakten dagegensprechen, ist für mich reine kaum zu überbietende Torheit. Es gibt auch andere widersinnige Passagen in diesem heiligen Buch, so wenn der einzige überlebende Sohn der beiden ersten Menschen in ein anderes Land geht und dort heiratet. Die Metapher über den Genuss der ersten Menschen vom Baum der Erkenntnis und die resultierende Ausweisung aus dem Paradis finde ich wunderschön. Grausamkeiten, wie wenn andere Völker gemetzelt werden, und die Formulierung „Auge um Auge, Zahn um Zahn" stehen im Gegensatz zum neuen Testament, das aus geschichtlicher Perspektive meine moralischen Werte mit geprägt hat. Die im christlichem Glauben verankerte Belohnung für ein moralisches Leben und die Bestrafung für Missetaten im Jenseits finde ich bedenklich und sie hat, wie die Geschichte zeigt, keine besseren Menschen hervorgebracht.

Was ist Menschen gemeinsam? Sicher der Bauplan, der nur an kleinen wenigen Stellen Unterschiede zwischen Individuen aufweist. Tiere sind Triebwesen und Menschen machen da keine Ausnahme.

In Gedanken erzählen wir uns Geschichten aus Vergangenem, aus Erlebtem und aus Erhofftem. Wir beobachten unser inneres Geschehen, ändern und variieren es, meist zu unseren Gunsten. Treten die geheimen Geschichten in Kontakt zu der Außenwelt, müssen sie sich bewähren, müssen koordiniert werden und sich den realen Gegebenheiten anpassen. Es entstehen Unterschiede zwischen den inneren Geschichten und den äußeren Manifestationen. Gesellschaftliche Erscheinungen und inneres Erscheinungsbild driften auseinander. Ein junger Mann, der in seinen Erzählungen ein Kraftprotz ist, sieht , dass seine Kraft im Vergleich nicht ausreicht. Er strebt danach, seine Kräfte zu optimieren, und relativiert seine inneren Einstellungen. Oft versucht er, auch mit anderen Mitteln ein gesellschaftliches Image aufzubauen, seine geheime Erzählung bleibt davon unberührt. Eine junge Frau sieht sich begehrt, ihre Geschichte folgt oft gesellschaftlichen Vorstellungen, es sei denn, sie rebelliert gegen diese Festlegung. Doch in ihrer Geschichte ist sie eine exponierte Persönlichkeit, mit der Außenwelt muss auch sie sich abgleichen. Werden diese inneren Geschichten nachhaltig gestört und das positive Selbstbild zerbrochen, treten intensive Störungen auf, die meist einen krankhaften Verlauf nehmen.

Es scheint mir, der Mensch hat nur einen Feind, an dem er scheitern kann, und das ist er selbst. Die Natur ist weder Freund noch Feind, wir sind ein Teil von ihr, es ist unsere Sache, wie gut oder schlecht wir uns anpassen.

Es kann sein, dass mit dem Drang zu begreifen unser sonst so wunderbares Gehirn oft überfordert ist. Ich hätte mir zu viel zugemutet, wenn ich daran gehen wollte, mich dem Verständnis der unendlichen Verflechtungen und komplizierten Regelkreise durch Zerlegung in ihre Teilstücke zu nähern, wenn ich versuchte, in die Tiefe zu gehen, um die Grundbestandteile zu isolieren. Wir sagen dazu „einer Sache auf den Grund gehen". Doch einen Überblick hat man von weit oben, wenn auch dann nicht mehr alles so scharf gezeichnet ist. Ich bin mit meinen Betrachtungen absichtlich nicht in die Tiefe gegangen, sonst hätte ich mich wissenschaftlicher Methoden bedienen müssen und hätte mich daran überhoben. Es ging auch nicht um Fakten, es ging nur um dieses eine vielschichtige Wort, das ich in den ersten Zeilen versucht habe zu erklären „Begreifen".

Weitere Bücher von Karl-Heinz Haselmeyer

Elitefrauen

Der Roman befasst sich mit dem Phänomen der Zeit verpackt in eine spannende Geschichte. Ein Team von Astronautinnen bricht zu einer Reise ins Universum auf, bei der laut Plan erst die nächste Generation die Erde wieder erreichen kann. Unerklärliche Zeitphänomene ändern alle Reisepläne. Als das ursprüngliche Frauenteam, kaum gealtert, wieder zur Erde zurückkehrt, sind Jahrhunderte vergangen und die Menschheit befindet sich durch technische Verselbstständigung im Niedergang. Durch den Einsatz der Frauen können die Gefahren, die der Menschheit drohen, abgewendet werden. (Amazon Deutschland, 2017)

Das Fenster zur Evolution

Abenteuer in einer unberührten Natur. Nach einer Umweltkatastrophe existieren die Überlebenden in isolierten Städten und werden kybernetisch mental reguliert. Die Umwelt ist für Menschen tabu. Zur Vorbereitung einer Raumfahrt wird eine Versuchsperson ungeregelt in die Tabuzone gesandt, macht Erfahrungen mit der für ihn neuen Selbstständigkeit und erlebt die von Menschen verschonte Natur. Er muss sich mit wilden Tieren und den Naturgewalten auseinandersetzen und lernt andere Lebensformen sowie Affen kennen, dich sich unabhängig von den Menschen weiterentwickelt haben. (Amazon Deutschland, 2017)

Uropageschichten

Der Urgroßvater erzählt seinen Enkeln von seiner Kindheit und Jugend in der Kriegs- und Nachkriegszeit in Göttingen. Ein warmherziges Jugendbuch, das auch für Erwachsene interessant ist.(Amazon Deutschland, 2017)

Symbiose

In der Gesellschaft nimmt die Tendenz zur Selbstoptimierung zu. Was hat das für Auswirkungen auf die Persönlichkeit und die menschlichen Beziehungen, wenn ein Mensch durch die Symbiose mit technischen Objekten eine enorme Gedächtniskapazität und eine hervorragende Denkfähigkeit bekommt? In diesem Science Fiction setzt sich Karl-Heinz Haselmeyer kritisch mit den wachsenden Möglichkeiten der Medizin auseinander. (Amazon Deutschland, 2018)

Terroristen

Was wäre, wenn es einer Terrororganisation gelänge, die Herrschaft über den Erdball zu erringen? Könnte man dann dem Ideal der Gewaltlosigkeit treu bleiben oder wäre es nicht Pflicht, sich mit allen Mitteln zu wehren?

Ein junger Gotteskrieger bereist die Erde auf der Suche nach Naturschönheiten und kommt dabei mit den unterdrückten Menschen in Berührung. Er verliebt sich in eine Wildhüterin im Yellowstone Park. Als er erfährt, dass der Beherrscher der Erde eine vernichtende Eruption im Park auslösen und damit wohl alle Bewohner des gesamten Kontinents vernichten will, kämpft er gemeinsam mit den Bewohnern für ihre Rettung auch um den Preis der eigenen Vernichtung.(Amazon Deutschland, 2018)

Der verbotene Planet

Expeditionen zu einem erdähnlichen Planeten scheiterten unter seltsamen Umständen und endeten in einer Katastrophe. Der Planet wurde unter Quarantäne gestellt und jegliche Landung verboten. Die Besatzung eines havarierten Raumschiffes muss auf diesem Planeten notlanden. Die Überlebenden werden von einem Raumkreuzer gerettet. Das Rettungsraumschiff gerät anschließend insbesondere durch eine mysteriöse Krankheit in Schwierigkeiten. Unter großen Verlusten kann das Geheimnis des verbotenen Planeten geklärt werden.(Amazon Deutschland, 2019)

Interaktiv

Ein Fachmann der „Künstlichen Intelligenz" schildert den Versuch, der Leistung des menschlichen Gehirns nahe zu kommen, und erzählt von den damit verbundenen Problemen. Im Zwiegespräch mit der geschaffenen Apparatur werden wissenschaftliche Themen aus der Teilchenphysik und der Kosmologie sowie zivilisatorische Entwicklungen angesprochen. In kurzer Zeit ist der Rechner seinen Schöpfern überlegen, kann von ihnen nicht mehr kontrolliert werden und geht eigene Wege, was seinen Betreuer in große Schwierigkeiten bringt. (Amazon Deutschland, 2019)

Eisige Höhen

Bei einer unheimlichen Begegnung wird ein normaler Bürger durch Drogen aus seinem einfachen Leben gerissen. Er wird ein gefühlloser Karrierist, dem ein schneller Aufstieg in der politischen Gesellschaft vorgezeichnet ist. Zu spät merkt er, dass er ein machtloses Werkzeug in den Händen einer Verschwörung ist. Vorsichtig versucht er sich daraus zu befreien. Als die Verschwörung aufgedeckt wird, gilt er zunächst als Hauptverdächtiger, wird aber teilweise rehabilitiert. Was bleibt, sind Scham und Sehnsucht nach seinem einfachen Leben.(Amazon Deutschland, 2020)

Homunkulus

Die alte Geschichte des synthetischen Menschen wird unter modernen Aspekten aufbereitet. Im Vordergrund stehen die Fragen: Was ist Leben und wie ist ein Bewusstsein mit der Erkenntnis und der Intelligenz verknüpft, aber auch, welchen Platz haben Gefühle in diesem Zusammenhang? Fragen, die sich bei weiterem Fortschritt der IT-Forschung wohl einmal stellen könnten. Das geschaffene technische Wesen ist nach kurzer Entwicklungszeit seinen Schöpfern intellektuell überlegen und entgegen allen Erwartungen entsteht eine wechselseitige enge gefühlsmäßige Bindung.(Amazon Deutschland, 2020)

Genderfrei

Nur wenige Menschen konnten einer irdischen Katastrophe entfliehen und leben in einer Höhle hundert Meter unter der Mondoberfläche. Sie suchen einen Neuanfang, ohne in die verhängnisvollen Fehler der Vergangenheit zurückzufallen, die fast zur Vernichtung der Menschheit geführt hatten. Da Sprache das Bewusstsein formt, sollen alle Diskriminierungen im Sprachgebrauch abgeschafft werden. In genderfreier Sprache werden die Nöte und Zwänge der Überlebenden geschildert, denen nur ein Ausweg bleibt, sie müssen versuchen die zerstörte Erde neu zu besiedeln.(Amazon Deutschland, 2020)

Habilitation

In Form einer wissenschaftlichen Habilitationsarbeit wird geschildert, wie nach einer Klimakatastrophe die Manipulationen an der Keimbahn von Menschen mit dem Ziel einer höheren Hitzetoleranz zu einer neuen Spezies führten. Die gezüchteten Thermophilen vermehrten sich stark und es entstanden Probleme des Zusammenlebens. Nach Versuchen, die Venusatmosphäre zu reinigen und die Temperatur dort zu senken, wurden die Thermophilen ausgesiedelt.(Amazon Deutschland, 2021)

Kontakt

Auf der Suche nach außerirdischem Leben stoßen Wissenschaftler auf Signale, die sich von natürlichen abgrenzen lassen. Versuche, diese Signale zu entschlüsseln, scheitern. Ähnlichkeiten mit dem genetischen Code bringen Forscher dazu, die Signale biochemisch in Materie zu überführen. Diese Versuche münden in eine Katastrophe und müssen gewaltsam beendet werden.(Amazon Deutschland, 2021)

Thomas

Die Innen- und Außenwelt eines kritischen Realisten wird gespiegelt in einem Zeitraum von achtzig Jahren. Das Symbol der geistigen Auseinandersetzung ist der „ungläubige Thomas". Zeitgeschehen, Geschichte und Reflexionen wechseln in bunter Folge. Eine sehr persönliche Geschichte. (Amazon Deutschland, 2021)

Bildet Sprache Bewusstsein?

Die künstliche Nachbildung eines neuronalen Cortex ist ein Quantensprung in der digitalen Datenverarbeitung. Damit taucht die Frage auf: kann sich in einem elektronischen Schaltkreis Bewusstsein entwickeln? Eine Arbeitsgruppe in dem Forschungszentrum geht dieser Frage nach. Der Satz: Sprache prägt das Bewusstsein erweist sich als eine falsche Fährte.(Amazon Deutschland, 2021)

Geschenkte Gedanken

Ein Studium an einer Eliteuniversität in den USA und ein Großvater, der die weltanschaulichen Gespräche mit seinem Enkel vermisst und ihm seine Gedanken per E-Mail weiterhin mitteilt. Der Student aus Deutschland findet die Frau seines Lebens und einen guten Freund, aber mit seinem Großvater bleibt er auch in der Ferne eng verbunden. (Amazon Deutschland, 2021)

Gier

Ein von Gier getriebener erfolgreicher Geschäftsmann schildert auf dem Krankenbett seinen Aufstieg und seinen selbstverschuldeten Absturz. Selbst seine schlimmen Erfahrungen können nicht verhindern, dass er später wieder den Verlockungen der Gier erliegt.(Amazon Deutschland, 2021)

Nachwelt

Es ist nicht gelungen die Biosphäre zu stabilisieren, die Menschen mussten sich als letzten Ausweg aus der Natur zurückziehen. In ihrem selbst erwählten Ghetto verlieren sie sich immer mehr in eine imaginäre Traumwelt. Ein junges Paar möchte sich dieser Entwicklung entziehen und bricht auf in eine menschenleere geschädigte Welt. (Books on Demand Norderstedt 2022)

Der Traum von der Zelle

Ein Blick in die nahe Zukunft, in der die emissionsfreie Energieproduktion die Umweltprobleme nicht nachhaltig beheben konnte. Viele Menschen verlieren ihre Lebensgrundlage und strömen in Gebiete, die noch nicht so stark betroffen waren. Dadurch entstehen gefährliche gesellschaftliche Entwicklungen. Ein Wissenschaftler entwickelt eine Methode, um das Schmerzempfinden abzuschalten. Als er sieht, dass seine Erfindung missbraucht werden kann, versucht er auf die Gefahren hinzuweisen, In seinen Vorlesungen erregt er Aufsehen und Widerspruch. (Books on Demand Norder

Grenze der Vollkommenheit

Durch einen Kontakt mit einer interstellaren Intelligenz gerät für einen großen Teil der Menschheit das Leben in andere Bahnen. Begriffe wie Persönlichkeit, Intelligenz und Subjektivität müssen neu definiert werden. Mit einem zweiten Kontakt einer unbekannten Existenzform wird alles bisherige Leben in Frage gestellt. (Books on Demand Norderstedt 2022)

Bunkerleben

Vor einem Angriff mit atomaren Waffen können nur wenige Menschen in sicheren Bunkern Schutz suchen.

Ist in einem Bunker ein Überleben möglich oder ist der Aufenthalt tief in der Erde nur ein verlängertes Sterben? Scheinbar in Sicherheit, zeigt sich, wie sehr der Mensch mit seiner Umwelt verbunden ist.

Im Bunker entstehen menschliche Interaktionen, Menschen sind sehr adaptionsfähig, Isolation und Platzmangel können den Überlebenswillen nicht brechen. Aber die Nahrungsvorräte und künstlich erzeugten Nahrungsergänzungsstoffe reichen nicht aus. Es bleibt nur im Bunker zu verhungern oder ihn zu verlassen. (Books on Demand Norderstedt 2022)

Der Bärentöter

Eine bäuerliche Sippe der Eisenzeit war mit der Geschichte ihrer Vorfahren eng verbunden. In den Erzählungen der Ältesten führten sie ihre Herkunft auf einen steinzeitlichen Jäger zurück und erzählten von Jagden auf Tiere der Frühzeit wie Mammut und Höhlenbär, die längst ausgestorben waren. Ein spannendes Buch, das auch für Jugendliche interessant ist.
(Books on Demand, Norderstedt 2022)

Der Hausmeister

Die Erderwärmung hat bei steigendem Meeresspiegeln zu großen Landverlusten geführt, und da außerdem in anderen Zonen durch ausbleibenden Regen fruchtbare Böden in Wüsten verwandelt wurden, ist weltweit die Nahrungsmittelproduktion eingebrochen. Große Teile der Weltbevölkerung mussten ihre Wohngebiete aufgeben und hungern. In dieser Notsituation haben radikale nationalistische Tendenzen in den noch bewohnbaren Gebieten starken Auftrieb erhalten und sich zu militanten Gruppen zusammengeschlossen. Neben den bedrohten Lebensbedingungen der Menschheit geraten auch die demokratischen Freiheiten der Menschen durch Terror und Angst in Bedrängnis. Ein junger Journalist, der sich für die Demokratie einsetzt, gerät in den gefährlichen Fokus der Nationalisten. (Books on Demand Norderstedt 2023)

Der Flug der Eule

Gedanken zwischen Erinnerung und aktuellen Ereignissen. Kann das helfen, sich dem Unbegreiflichen anzunähern? Im Vergangenen sollte der Samen für Zukünftiges zu finden sein. Was bleibt, ist Ratlosigkeit. (Books on Demand Norderstedt 2023)

Zwei Welten

Um die Existenz der Menschheit zu sichern, wird eine tiefgreifende Trennung eingeführt zwischen Menschen, die sich vermehren dürfen, aber auf jede Technik verzichten müssen, und Menschen, die auf Nachwuchs verzichten, dafür die technische Welt genießen können. In der technischen Welt konnte sich durch eine Kreislaufwirtschaft ohne Energieprobleme die digitale Welt voll entfalten. Aus der ärmlichen Welt wurden nach der Schulbildung junge Menschen nach einer Sterilisation in die Welt der Hightech und des Wohllebens aufgenommen. (Books on Demand Norderstedt 2023)

© 2023 Karl-Heinz Haselmeyer
Herstellung und Verlag: BoD – Books on Demand, Norderstedt
ISBN: 9783757853693